Panapaná

COLEÇÃO
polyphonia

Dados Internacionais de Catalogação na Publicação (CIP)
(Câmara Brasileira do Livro, SP, Brasil)

Flores, Guilherme Gontijo
Panapaná / Guilherme Gontijo Flores ;
posfácio Caetano W. Galindo. -- 1. ed. --
Belo Horizonte, MG : Ars et Vita, 2025. -- (Coleção
polyphonia)

ISBN 978-85-66122-30-5

1. Poesia brasileira I. Galindo, Caetano W.
II. Título. III. Série.

25-294316.0 CDD-B869.1

Índices para catálogo sistemático:
1. Poesia : Literatura brasileira B869.1
Eliane de Freitas Leite - Bibliotecária - CRB 8/8415

ISBN 978-85-66122-30-5

9 788566 122305

MISTO
Papel | Apoiando o manejo florestal responsável
FSC® C019350
FSC www.fsc.org

1ª Edição - **2025**

Guilherme Gontijo Flores

Panapaná

Posfácio
Caetano W. Galindo

ARS et VITA

Panapaná

Oferendas criam vida

Provérbio sumério

quando tudo acabar, existiremos panapaná

André Capilé

Ritornello

Renovo de anos

Aqui me posto novamente
as barbas de molho agrisalhadas
como nos outros tempos
aprofundado feito pedra
no leito do oceano, aprofundando
o corpo neste posto dado
em que me ocupo com vocês
de tudo que num dia nos ocupa:

e quem aqui me comoverá
da pedra estando agora
funda no fundo mais fundo;
quem de vocês me trará
de volta ao raso; quem me dará
um tempo novo nestas barbas velhas
e me comprovará que estamos,
dadas as mãos e os olhos,
num mesmo curso, mesmo tempo?

Então estendo as mãos acima e sinto
o musgo dos meus dedos finos,
sinto que toco os olhos de vocês
e um e um e um e toco assim tocado
porque de novo me puxam ao rés d'água
e subo, carne alçada à santidade
de estar aqui profunda e ascensa
carne exaltada entre mistérios dados
deste convívio, carne comovida
onde vocês repastam tudo
como eu consumo a cada ano
as suas carnes: eis o meu corpo:
é tudo que eu oferto neste instante.

Me puxem, me subam, me conclamem
de pedra em carne, do fundo ao prato
deste amor recolhido entre limos:
estou aqui, estico as palmas por vocês
num obrigado em plena graça
porque sinto seus olhos, dedos, graças,
sinto as risadas ressurgidas, salto
como uma carpa aos ares reluzida
e vejo que vocês de novo ainda um sol.

Muxima

Travellings

para Nanda

Toco tu boca, con un dedo toco el borde de tu boca, voy dibujándola como si saliera de mi mano, como si por primera vez tu boca se entreabriera, y me basta cerrar los ojos para deshacerlo todo y recomenzar, hago nacer cada vez la boca que deseo, la boca que mi mano elige y te dibuja en la cara, una boca elegida entre todas, con soberana libertad elegida por mí para dibujarla con mi mano por tu cara, y que por un azar que no busco comprender coincide exactamente con tu boca que sonríe por debajo de la que mi mano te dibuja. Me miras, de cerca me miras, cada vez más de cerca y entonces jugamos al cíclope, nos miramos cada vez más de cerca y nuestros ojos se agrandan, se acercan entre sí, se superponen y los cíclopes se miran, respirando confundidos, las bocas se encuentran y luchan tibiamente, mordiéndose con los labios, apoyando apenas la lengua en los dientes, jugando en sus recintos donde un aire pesado va y viene con un perfume viejo y un silencio. Entonces mis manos buscan hundirse en tu pelo, acariciar lentamente la profundidad de tu pelo mientras nos besamos como si tuviéramos la boca llena de flores o de peces, de movimientos vivos, de fragancia oscura. Y si nos mordemos el dolor es dulce, y si nos ahogamos en un breve y terrible absorber simultáneo del aliento, esa instantánea muerte es bella. Y hay una sola saliva y un solo sabor a fruta madura, y yo te siento temblar contra mí como una luna en el agua.

Julio Cortázar, *Rayuela*

São cenas bem pequenas, e isso todos sabem do seu jeito,
mas do teu jeito um teu qualquer aceno me calcina
um pouco, um tanto, um fogo, uma manhã de cinzas
pelos teus braços; teu toque me descende estrelas
ao meio-dia quando as sombras todas já sumiram,
teu toque me contorce os nervos, os tendões, os dentes;
e quando digo te amo, é uma cena bem pequena,
entre um café e outro, é uma cena ínfima que se anuncia
nestes cartazes coloridos, num sorriso leve
até o fim da tarde, até que a noite adentre toda
e você já cansada aqui também se deita, estreita,
do meu lado, e tudo é calma e tudo chama.

Porque são cenas mínimas, como um primeiro encontro
que nunca aconteceu exatamente; e me pergunto
se não teria sido um tanto antes, numa praia,
num calçadão em reveillon, sem chuva ainda, sem
mistério algum, esbarro apenas, a apresentação
de amigos, oi e oi, e nós assim seguindo nossas vidas
no esmo qualquer dos mesmos dias, mesmo
como se nada acontecido (e nada acontecera, é certo)
e nada poderia acontecer ali. Nesse primeiro meio
já esquecido encontro as vias múltiplas de alguma vida
(aquela que impossível por acaso se deslinda):
tudo que dava de não ser, mas foi e é e segue sendo
e ninguém vai dizer jamais por quanto tempo dura.

É curiosa a ação do tempo, porque mudando
a carnação das coisas várias ao redor da nossa vida
esconde o que eu pressinto persistir. Por exemplo:
assim como um acento estranho num agá
altera sempre sua pronúncia numa língua longe
que ainda mal conheço, o teu perfume (e não
falei de uma fragrância de butique, não
pensei num fármaco sagrado que te oculte)
invade o meu e faz na minha pele um gesto
onde perdura a tua e assim me mudo
sendo teu, subscrevo-me num cheiro que chamei
por muito tempo de codô, por mera blague
o teu-meu cheiro, em tanto tempo, e sinto
que ele se exala e já se esvai, por isso aspiro
a minha carne, onde repousa a tua,
e nela avançarei as teses mais desmioladas
na macrofísica tectônica do tempo.

Não contemplamos as gazelas juntos num entardecer
para te dar poemas quais romãs e prometer amores
junto ao vinho como um devoto faz prostrado por seu deus,
nem escalamos himalaias amorosamente juntos
como almas gêmeas que se mesclam num encontro
inevitável, nem concebemos nossos mundos como
sol e lua se olhando pelo céu, nem poderemos
jurar aos céus amor eterno, porque tudo aqui parece
frágil, precário, perecível; parecemos mesmo
um par perto do fim, porque tudo ao nosso entorno
nunca deixou de estar no fim, neste, onde estamos
por anos: nos encontramos aqui, assim, como se
fim fosse, a contemplar os dias densos de mormaço,
as geadas de junho, as contrações das plantas
e os seus rebentos, porque tudo rebenta frágil
e perdura e se estende e nos consome até.

Todo porto fincado é alento ou só devastação
da vida em volta, todo pago demanda cedo ou tarde
a sua paga, todo assentamento destina-se no tempo
à compunção das carnes. Verdade, todo pouso
existe só no que procura um novo voo,
ou aguarda até que o galho se arrebente,
e todo voo espera um pouso; porque nada nunca
estanca na forma projetada, nada explica
o tempo aprazado pelos corpos, suas cismas,
seus cicios, seus desejos; como a polpa
da manga tem seu viço, como os sóis
têm seu ocaso no invisível, como nós
que sabendo a delícia do acabável prosseguimos,
entre o cais e a torrente, um caos e um aparente céu.
Repare: só por uns instantes quando a gente pula
à toa, o que é divino nos sustenta e ampara
até que a sorte nos depara com a queda
que provisoriamente está chamada graça.

A chuva também prega as suas peças na seara, sabe?
Quando despenca em tempestade e tudo mata
também revira, afofa, aduba no gesto mesmo
em que esfola a vida que ela abriga; a chuva
ressente-se de vir à terra que não sente
a sua estranha bênção; a chuva chove
ou não segundo seus caprichos, ela sabe
o gosto dos minérios e do éter, os meneios
das plantas, das carnes, do cauim que somos.
Sabe, a chuva está no meu altar a cada dia,
sobretudo nos dias que não cai, ou, se cai,
me sai doída, e nela sinto que estou vivo,
como um coiote solto nas campinas
procurando sua presa em vão, porque
tudo se oculta, todos se esquivam, e ele
pensa que é seu poder de caça que os assombra,
sem pressentir que na chuva carrega um deus
maior, como um amor que só se dá no tempo.

É como nas doenças: nossa garganta muita vez arranha
como entre brigas ou gemidos, nosso curtume continua
ativo e estranho, e se te firo aqui te curo, exponho furos
que sou; até que vem você e aufere a minha febre:
são dedos que conhecem bem a nossa carne fresca,
são falas que penetram cada fresta, e a palavra escava
escaras mais fundo do que faca; aguardo só um toque
e serei salvo, tua água de cacimba, umbu no mato,
tua romã multiplicando o vermelhão em minha boca.
Será que algum de nós completará um dia, meu amor,
o mistério encarnado de sermos um corpo na história?
Quem sabe, se estivermos realmente livres ao fracasso.
Eu desconheço um fim e assim dou-te-me os braços,
enlaçados na deriva, como que ao mar amarrados.

Há um pouso na dor, é concreto. Outros tomam cicuta,
na pressa, ou ópio no mistério do torpor. Contigo
a luta é outra: cravar a dor na dor, curá-la e escavá-la,
amá-la até, quem sabe, até a borra, até a sobra espessa
com que se meça um leve traço de alegria, até a medula
donde se sorve algum tutano grosso, grasso, donde,
se penetrarmos fundo, inda mais fundo e fundo,
talvez resplenda a graça. Aí está, a graça: um riso,
até quando ferido no deslinde da demência,
guarda promessa, está disposto ao que vivemos,
por isso é que nos damos mãos (repare, são
espinhos mútuos por onde nos entrelaçamos
tantos anos, fincando amor um no outro), por isso
estou aqui te dando um braço à toa, e levo as tuas pernas,
num cômputo de amputamentos que nos moldam
irremediavelmente além dos umbigos.

Eu gosto dos meus ossos quando estão abaixo
dos teus ossos, gosto quando estão acima e ao lado
e as bocas se mordem no risco do estalo
inesperado e cristais se formam sobre os poros
e contamos os dedos sobre as peles e num átimo
no encontro esparso e raro em tantos dias
como o ar que só respira quando se arfa
os rostos mostram outro rosto e os corpos
guardam seu momento e num instante
tudo se cumpre e só e assim estamos sós.

Saliva é onde fala a nossa lava imensa:
ali se encontra a vala das essências mínimas
do dia a dia, a carnadura tesa destas brigas
e reconcílios; ali se lava a roupa, a mala,
a alma, quando a saliva toca pálpebras,
cangotes e mamilos, quando tudo se alivia
num só espasmo e pasma a terra treme o éter
e a lava eleva ao solo tudo que cia por ali.

Por vezes sou poeta que delira listas para o vento:

teus olhos são siderações de gozo e de tormento,
teu nariz é pomo de terra ao fogo com que me alimento,
tua boca é santuário mutável do alento,
teus dentes são cômodos de um templo do sustento,
teu rosto inteiro é um todo a todo tempo atento,
teu colo é aclive longilíneo no acalento,
teus seios são espantos da maré em barravento,
teu ventre é mistério inabarcável onde o gozo dá rebento,
teu cerne é o sem-centro,
tua buceta é fonte cristalina do maior unguento,
tua bunda é carnadura de frutas e espavento,
tuas costas são esboços do contorno místico que está lá
[dentro,
teus cabelos são caminhos intrilhados para produzir o
[próprio vento,
tuas pernas são pirâmides que despontam movimento,
teus dedos são cada um um sacramento,
teus pés se dançam são debridamento lento,
teu gosto e hálito é cominho, cravo e coentro,
teu cheiro é vereda de um sedento,
teu tempo é inversão de monumento,
teu todo é negação do julgamento, é dispersão do
[entendimento, é abertura para o experimento,
teu nome é começo de um percurso interminável
[em que ao chegar me ausento,

tua ira é teu riso é teu gozo é teu choro é teu tédio é teu ranço
é teu lucro é teu colo é teu jogo é teu laço é teu medo é tua
ânsia é tua gana é teu erro é teu nojo é teu gasto é teu credo é
tua cena é teu jeito que me inventa.

Eis aquele clichê da pele como mapa, aquela
vontade de desbravar seus pontos cegos, marcas
ainda em branco e latejar a língua numa pinta
nova e desvelar no umbigo aquela cova
de riso delicado e desflorar nas manchas
mais discretas alguma história inédita, alguma
coisa que nesta carta invente trilhas, acerte rotas,
porque num mapa o que nos interessa é sempre
e só a via ínvia, a chance ínfima, a sorte grande,
o instante em que tudo desponta pro extravio.

Nem tudo segue estanque no pousio de um remanso.
Meu bem, a tua língua estoura feito uma rebelião
de presos revirando a minha mente, a minha nuca,
a minha lúbrica pertença aqui e agora: eu quero
ainda a fúria, eu quero a tua, então aturo; então estoure
todos os corpos no corpo, que isso ainda forma e afirma
os modos de um rebento novo, um broto, um dengo lento.

Eu sou o seu cavalo há tempos, onde monta distraída
e sem rumo, e assim de monta vou sem trote, lento,
até nenhures e ela destacando estrelas me devolve
um fardo pleno à boca: ela, capim-do-mato, ela,
aonde aponto, onde também cavalgo, invertendo-nos
num estranho centauro em movimento. E como:
e nela me rumino e nela acerto a mina d'água
onde me farto, cavalo do cavalo, acumulando
calos sobre a terra seca, acinzelando o falo na vereda,
onde desponta um buriti com casca, fruto e sumo,
pasto sua mata, acima e abaixo, e nunca basta.

Nós dois sentimos, e numa carne bem diversa,
que um filho é uma chaga debandada. Nele
algum mistério pousa sobre a dor, que doutro modo
seria a mera e própria dor do umbigo: o que nos dói
num filho é sermo-nos, sim, também nele, sem o sê-lo,
compartilhando de um sucesso e de um fracasso
que ao fim e ao cabo será sempre alheio.
Um filho é outra carne numa carta extraviada
sem um selo. Um filho é algo que nos une, os dois,
nós dois e os filhos, numa encruzilhada que jamais
se encontra, mesmo que por amarmo-nos,
por amarrarmo-nos de conta própria um no outro,
não somos nunca uma prisão, nem formaremos
cárceres nos filhos. Somos todos chagas no extravio:
filhos que somos, filhos que temos, fios de linha
que vão dar nalgum lugar, e ninguém sabe aonde,
e ninguém saberá dizer, tomara, por que sim ou por que não.

Construímos a casa, concebemos as carnes das crianças
sem saber que tudo deverá desmoronar e ali também
desmanchamos nossa história, pedra a pedra, dente a dente,
até que da ruína rebentasse um broto fraco, a miudeza
de um instante, o flagrante delito de rir-se e dar as mãos:
e se você não ri de mim, quem mais rirá até romper o meu
esterno? Os pecados são todos meus, os pecados são todos
teus, e tudo será são enquanto houver a sanidade, então
vamos fundar aqui a nova casa, essa que desaparecerá como
uma bênção, como pó quase estelar, como adubo de mundos.

A cerejeira insiste em berrar nos teus ouvidos dia e noite
e noite e dia porque vive no inverno tudo: a queda, a flor,
a crisma. Berra de cores novas que de mil flores hoje estão
a contrastar com tua pele fina; a cerejeira jamais conhecerá
um hematoma, uma ferida de que se abra feito graça
até os confins do nosso inverno. Eu estou lá, você
também, as carnes tesas, e você me chama à porta
e entro e lá por fim descubro como a casa ali sou eu
e trago dentro a chaga acesa de um rebento e dentro
do dentro viveremos juntos só pra ver a gestação do ipê.

O meu amor morre no tempo, não em anos, mas em dias,
e nisso cumpre sua sina e seu aprendizado, rompe
a cadeia certa dos dias, aquela garantia falsa
de estarmos fortes no controle, dura apenas porque
morre eternamente, e no que morre agora vive.
Amo outramente o mutável que apreendo em você,
como arte do risco, faço-me aprendiz do inaudito
cerzindo por um triz o caminho do que pode se chamar
felicidade: estou interferindo, estou ferido nesta linha:
sabemos que ela não dará em nada do que a gente espera.
Quem agoniza agora é o meu amor, a borboleta efêmera
que aqui volita desatenta rumo ao fim do dia e finda
no meio da panapaná, pra que essa nuvem viva,
para que os ovos rompam, bichos comam, tudo brote
de novo e outro, assim é que me rendo, assim aprendo.

Os anos formam suas décadas se seguem descontidos
assim no tempo distraídos, enlaçando as tramas
de uma vida qualquer, a dois, a mil. É curioso,
fica o não-dito pelo dito; mas muito fica:
nenhuma intimidade pode superar um dia
a distância do cosmo entre nós dois, nenhuma
batalha rasga um abismo que ambicione ao fim
desentranhar o quê de carne que carrego em ti.

Não tentar escrever o paraíso, pois não tem perdão,
e não pedir perdão senão diante de uma graça à toa,
a de tombar contigo e descobrir a solidez dos pavimentos
na nossa cara, meu amor, no nosso tempo;
e não dizer jamais eterno enquanto dure,
mas renegar a duração de todo o eterno: estar
em pontos onde os dois nos encontramos, um a um.
É que o primeiro encontro é tudo quanto dura
e na sequência o que nos vem será, se assim vier,
outro primeiro encontro e outro depois, primeiro, até
que neste inumerável, inordinável e ordinário
achado em que nos encontramos hoje,
esteja como um sol qualquer num dia morno,
em que ninguém atenta e mesmo assim esquenta
uma besteira, uma fagulha qualquer, um fósforo
que te peço pela casa, em plena combustão.

Daqui do perto e longe em que me encontro, já te vejo,
muito além do desejo de hoje, além desta ferida acesa,
como um visionário que atravessa a sua presa e vara
a própria visão além do tempo, pra entrever talvez
a mãe na filha, a neta numa avó; e assim te avisto
futuramente, ainda amante, atenta aos gostos todos,
te invisto de uma forma velha e linda e vera e ainda
infinda, entregue ao sono sem certeza, aberta ao gozo
de coisas pequeninas, feito pétalas e pérolas,
feito poças meio rasas sob a chuva mansa, vejo
sabendo que em seu sumo oculto escorre a minha vida
à sombra dessa planta e deito ali guardando a fruta.

Envoi

Quieta cobra ibioca quieta cobra
pra minha irmã moldar-te à quatiara
um colar no desenho da beleza
que dou de dom e agrado à minha amada
e assim a tua cor e o teu contorno
encobrem o de todas outras cobras.

Monami

Partitas

para Íris e Dante

Se o pior chegar, se o pior acontecer, não creio que isso signifique automaticamente o fim da linguagem. Em primeiro lugar, creio que qualquer que seja a destruição que um estado imponha a outro, algo sobreviverá. E a linguagem obviamente sobreviverá, porque a graça da coisa é que ela sabe melhor do que ninguém o que significa mudar. A habilidade de mutação da linguagem é fantástica. É um pouco como as baratas.

Joseph Brodsky, via Diogo Rosas G.

É aqui que se desce a via estreita,
via larga, o caminho incontornável,
que seguindo se vai do nada ao nada,
na descida inventada, na descida ao
coração do sagrado, aqui se desce,
coração ao sagrado, aqui na vida,
que seguindo se vai ao fundo bruto
das carniças, se vai ao mesmo fundo
das carcaças, se vai na via torta,
rumo ao fundo do fundo, ao bruto modo
desligado das coisas, ao começo
do começo, ao começo do inventado,
ao esterco do prado, à torta via,
que se inventa na estrada descabida,
que se encontra em canção dos estradares,
é assim que se desce, assim começa
o que nega começo, o quanto pode
renegar-nos um fim, o que conforma
muitos restos sem dar nalguma meta,
o que corta na carne a linha reta,
o que, feito, refaz em seu afeto
a feitura perdida, a forma, a forma
da medida, que faz tabu avesso,
coração do sagrado, desconexo
desce, desce, no breu, na terra morta,
onde a perda se fez promessa nova
de mistério e caiu por terra, como
superfície é crendice no mistério,
que demanda um tateio, alguma queda
no poema e o que ele quer da gente
é coragem, é nada, é a profana
queda no coração do que é sagrado,
encontrando a matéria putrefata
que do tempo se eleva sem mistério
em mistério diverso, em queda, em casa,
essa queda que vai do nada ao nada.

A voragem virá. Árvores áridas
voltarão ao revés, rentes no rés do chão,
ao adubo primal, fonte do revirar.

Ávidas convirão aves por celebrar
as espécies por vir. Podem até por fim
confundir a visão férvida e híbrida

do que nasce ao morrer. Matas altíssimas
cobrirão este céu, sol e translúcidos
astros feitos de som, fogos farão ranger

cada bicho que houver, cada canção será
redemunho de horror, peixes na preamar
produzindo a paixão clara dos vendavais.

Tudo a pena dará, dedos desdobrarão
uma imagem do fim — quando o crepúsculo
lusco-fusca no aquém, quando constela-se

a cantiga e o jaguar corre na cerração,
guanos nascem no ar. Tudo também devém
certo e sólido em si, tudo desdobra-se

dentro e fora do ser, como se fosse aqui
a clausura total e outra clareira além
do possível, porém múltipla, fétida

onde a vida se faz vida e se faz também
tinta lívida e nem toda devastação
deste mundo terá chance de resolver

o silêncio maior, canto de um ultramor,
quando tudo se faz força e na força atroz
acha um meio de ser, meio de haver-se mais.

Como deve vir, a cantiga chega
atrasada ao dia da desmedida,
mas nos chega ainda adiando o tempo
dado na estrada.

Como pode ser, prometendo nada,
nada traz no bojo e por isso mesmo
anuncia um fosso vazio, o nosso
tempo aprazado

sob um céu de chumbo, um mercúrio crasso
nos torrões da terra. A cantiga aponta
na derrota a única rota, o vago
ponto no asfalto

onde a pedra é flor, prometendo nada,
quando canta, pois que conhece como
esta vida deve acabar agora,
dentro do instante,

pra que nova vida transvaze o copo,
transbordando larvas de lodo e esgoto,
quando esgota a velha fagulha dada
no olho da noite.

Quando conto às minhas crianças como
tudo que eu amei no fracasso manso
deve dar espaço ao que nunca passa,
como se a chance

fosse apenas dar-se de corpo em corpo,
transbordar-se ao nada, à tormenta, ao modo
como digo: "Filho, a centelha agora
muda de medo

em ternura, muda que medra fraca
nessa pele". Como direi agora
que era menos vida, se tudo tomba
céus e ruínas?

A cantiga escuta o que nunca canta.
Como oculta prova de que algo avança
na descida dada do nada ao nada
fertilizada,

a cantiga agora chafurda o baixo
mundo, encontra pérolas onde pouco
resta, faz a festa de cada resto
e ama os escombros.

"Filha, se este mar me bater nos ombros
do terceiro andar, se não for vivível,
como te contar que seria ainda
rastro de brilho,

como compreender que, se o meu despenca,
no teu mundo, toda ruína brota
nova e nesse mundo um poema aposta
noutro poema?"

Assim se faz um mundo: com desconcerto
e fúria; assim se faz um dia: polindo

um tempo avesso; assim se faz um começo:
botando abaixo a terra, o céu, o silêncio.

E quando encontro um modo certo, o conserto
se mostra manco; e quando aposto num erro

a coisa engrena leve, e quando proponho
um meio termo tudo logo tropeça.

E desce tudo ao cerne largo da dança,
e em seu tropeço tudo agora começa.

Sei que encontro em teus braços uma perda,
porque nascendo tu, nasceste-me
tudo que presta, e o que não presta aqui
nasceste em carne viva, em cisma certa
como fonte de mim, meu curumim,
que caças na noturna pele a febre
do sol, a trilha estreita: a nossa peste.

Sei perder-me em teus braços encontrando-
me, nascendo-te, dando-me mais tempo
sob o céu desaberto, sobre o vento
onde encerro e ordenho cada espanto
de chão e chama, minha cunhatã,
correndo à flor do dia em que morreste
a morte mesma, séculos à frente.

Cemitério marinho, curumim.
Sementário da mata, cunhatã.

E como há de acabar a tal catábase,
sem ter além, consolo, sem respiração
lançada ao subsolo? Só metástase
na pele? Só rosácea carne adentro? Só,
no redemunho encalacrado da canção?
No sol cansado, soletrado em sílabas
que não respondem quase nada da questão?

Um mundo finda o fio da sua música,
porém ressoa um sino, fino na assunção
do tempo, firme em sua sina, lúcido
do fim. Mas como ele ressoa, ainda assim,
se não há nada além do mundo, do único
possível mundo dado? Como poderá
um som nascer do escombro, como um mímico
privado de visão? Um lírico sem som
tateia o texto, tenta a posição da voz.

Mas nada escapa: um místico sem física
ainda desce, ainda inventa, ainda diz;
e tudo o que não diz ressoa sob o chão,
e tudo que se abafa desse grito faz
nascer alguma coisa. O onde, o como, o quê
rebenta nesse nada? Só putrefação
fazendo adubo deste mundo, química
dos mudos que do alento faz medrar um tom.

Escute agora, agudo, a tudo na mudez:
talvez escape a todo espectro da audição,
um dom de esferas recriado em gravação
promete a voz distante das galáxias
e o grito que um buraco negro debelou;
porém são sons da máquina, são suprassons
audíveis, quando tudo acaba: música
de inaudíveis ruídos, só devastação,
um som de vasto agir. Um zum, um som, um só:
escute o surdo, o fundo, o tudo — um tímpano.

Tudo é calunga dada de outras águas, calunga
clara da noite, toada nova em calada da noite,
lua nova no céu, monâmi, sangrando as searas
deste barco. Tudo calunga grande e transborda
nosso suor dos dias, trabalhos e talhos dos dias.
Tudo transborda pranto e vida, monâmi, e agora
todos cruzamos ossadas nos mares, toda a calunga
dada de outras águas, calunga nata nos mares
mornos pelas bordas. E dias e dias e dias,
pedras e pedras e pedras, prenhes, crescendo, sumindo,
sempre gerando corpos, monâmi, filhos gerando
para as águas dos mares, anônimas águas de mares,
donde tudo brota e rebrota no açoite dos ares,
sempre sorvendo os anônimos nomes, monâmi, nos nomes
dados a troco de nada: nomes que o nomos da terra
volve e devolve na mata. Luas e luas e luas,
mortes e mortes e vidas, e os nomes, monâmi, e os nomes:
quem os conserva, monâmi, pergunto, quem os transmuda
nesta carne viva, no lanho estranho, na lida
dada, monâmi, quem me confia tanto de vida,
quem me daria tanto nome, o somenos do nome,
quem me germina de nomes, quem me macaia de nomes,
corpos e nomes nas águas, quem me calunga de tudo,
quem me convoca nas lágrimas, quem me delonga na vida,
quem me monâmi de tudo que tenho, menos os nomes?

(O que chamo de tudo faz   parte em todo poema.
Não resume a catábase   sempre e sempre diversa,
nem garante união final   da cantiga da estrada.

E a verdade anotada aqui   dá os seus testemunhos,
frágeis, parcos, precários, sim;   e o que chamo de tudo
não contempla qualquer ipê   dos que sempre me salvam
(um que já me salvou dirá   sua história completa
sem lembrar-se que ali sentei   salvo à sombra das flores),
não concebe o prazer e não   sabe o sexo dos outros;
sente só que no fim se dá   uma ponte possível
entre os átomos, entre nós;   tudo assim se revela
mais tocante sem me tocar,   sem mover comovente,
porque escapa e jamais será   diferente adiante:
cada estória desdobra em si   mil estórias em germe.

Vejam: tudo que sou é só   minhas mãos num momento
quando toco em vocês também   olhos, mãos e cabelos,
quando posso me renascer   no que nasce somente
por vocês, e vocês verão   mundos, mundos e mundos,
só vocês. Ficarei aquém,   e esse é todo o mistério:
nada pode trazer um fim,   tudo é sempre estrangeiro.

Como posso dizer então   que apesar dos horrores
algo inunda o pretérito,   num segundo e perdura
num deslumbre translúcido,   quando tudo transborda
e eu pareço aceitar até   como tudo termina
(vejam, cores em cada cor,   sons num som consonante,
tudo tão divergente em si,   tudo em tudo desanda)?

Tudo que hoje prometo é ser   mera margem vibrante,
ser o ponto de vibração   das matérias inertes;
vem daí a fecundação   do que sempre perece,
porque brota, desponta e vai   dar em outros caminhos
dessas formas erráticas   que no fim nos prometem
sermos feixe de luz e pó   como tudo que desce.)

Quando o pai do pai do meu pai
tinha um dever difícil por fazer,
seguia até um ponto certo na floresta,
acendia o fogo e mergulhava numa prece silenciosa.
E assim se cumpria o que ele tinha de fazer.

Quando, mais tarde, o pai do meu pai
se viu ferido do mesmo dever,
seguiu até o mesmo ponto da floresta e disse
Já não sabemos acender o fogo,
mas ainda sabemos a prece.
E assim se cumpriu o que ele tinha de fazer.

Muito mais tarde, meu pai
também foi à floresta e disse
Já não sabemos acender o fogo,
desconhecemos o mistério da prece,
mas ainda guardamos o ponto exato da floresta
onde tudo acontecia, e isso há de bastar.
E bastou.

Hoje que chega a minha vez
e tenho de enfrentar o meu dever,
fico em casa e digo
Já não sabemos acender o fogo,
ignoramos a minúcia da prece
e nunca conhecemos o ponto na floresta,
mas podemos, ainda poderemos
contar a força a história.

Assim se escreve toda carta:
eis o sepulcro que não tem um corpo dentro;
e eis o corpo que não tem escudo fora.
Assim escrevo em letra torta
o que de mim se inventa
e brota.

Pontos que sei contar por enquanto: que as ilhas não parecem
    iguais, e cada uma planta apenas
novo mistério no solo das outras;   jamais o tempo dado
    resolve um corte feito sobre o rosto;
nunca se pode rever as estrelas   se não descermos toda
    a estrada dada ao nada, ao nosso inferno;
sei que as avós das avós das minhas   avós olhavam para
    um céu sem bombas, não um céu sem mortes,
sempre souberam o gosto do sangue,   da carne viva, carne
    curtida em sal, chibata, língua e choro;
quando pensavam no fim do mundo,   sabiam que era dado,
    e dado desde muito tempo, dado
certo na vida, e colhiam bostas   de vaca pra adubar os
    momentos certos sobre terra e corpo,
nisso talvez adiaram os fins, ou criaram,   talvez trouxeram novos
    começos pra medir o mesmo mundo;
como cuidaram e sumiram deste   quinhão, ninguém entende:
    é nosso lote o mesmo esterco seco,
nossa partilha a cegueira justa   do dia a dia a dia;
    e quando até lembranças se apagarem
e isto que escrevo explodir num astro,   que nem os seus cabelos,
    as ilhas voltarão ao seu mistério.

serão cacos um caminho

quando a vista perde o tino

desatando tudo em torno

e a cabeça devastada

um mosaico estranho aberto

na voragem sob o mato ?

em que morte e morte valem

uma vida nos farrapos ?

na descida da cerração

um silêncio devorador

pelo estrondo do fogaréu

degringola no delirar ?

pela abóbada que se faz

nas eclusas desse país

o que vale, o que valerá

serão cacos a solução ?

Tocamos nossas chagas, trocando-as,
e alguma coisa ocorre na extática
da cicatriz assim concisa,
como se unisse na dor as carnes.

O que me desce à pele, arrancando-a,
também ascende a senda da comunhão,
de fora a fora, feito fosse
sua, perdida, num foro fundo,

por onde o nada nasce, na plantação
estranha e ainda farta de tangomãos,
num mesmo exílio restaurado
para os apátridas. Somos sempre

um casco seco de árvores por nascer
e um sangue de pitanga cruzando o mar,
e se de nós nascer um sono,
seja de sonho e de fúria dado.

Crianças, como conto que surgirá
mais dor num céu de cinza e mercúrio,
que cavaremos muitas covas
sob as sonatas de seus carrascos

e que os carrascos podem se aproximar
até colher nas covas as súplicas
e ali de pranto em pranto em pranto
cabe escavar um tamanho espanto,

e a vida em cada parca partícula
de esterco encontra modos de comprovar
que tudo é belo e bruto e tudo
deve brotar da ferida unida?

Darei os dedos, olhos e a mística
da chama, o alento, todo o capim de mim
          e sendo pó, no pó, apenas
   polpa no fruto que agora brota,

serei pedaço e dentro de algum amor,
até que dissolvida em memórias
          a mente que me guarda aguarde
   tempo que acenda na trempe o fogo.

Eu vou até a cidade incendiada
onde nasci, talvez,
cidade de piche e sombra, cidade
cauterizada sob a pele,
onde as bombas ainda caem,
e o tempo corta fino
a pele do asfalto, a curva dos rios
há tempo soterrados,

cidade soterrada sob um céu
de nada, de ninguém, cidade
aonde envio as minhas cartas
extraviadas, minhas chagas
dadas assim a um qualquer
que cruze as suas ruas,
eu vou até a cidade incinerada
ouvir os seus escombros

ainda murmurando um canto aos drones,
um som de cinzas fumegando,
corpos estalando líquidos no éter,
enquanto desço a senda
escrevo ainda a mesma carta
à terra calcinada, desço
a estrada falsa até a cidade
onde talvez nasci

pra ver se ali no fundo acaso
ressoa um som além
do caos, se um som ressoa além
de nós, se além ressoa
o som cansado de uma hosana
em brasa, mas, se desço,
tudo comigo afunda magma
adentro, breu compacto

até a carta desfazer-se em pó,
　　　sobre a cidade erradicada,
enquanto desço a mesma estrada,
　　　e escrevo a carta, a mesma,
meu filho e filha, a carta, aquela
　　　que não se entrega nunca,

essa que encerra os portões da cidade,
　　　que essa conversa encerra,
como um poema em si se encerra,
　　　a incendiada, incinerada, erradicada
carta, cidade, poema, conversa
　　　que entrego quando chego
nessa mesma morada que desaba
　　　de si em si, na mesma

nota que exala, quando estrala
　　　onde talvez nasci,
e quando chego ao que não chega,
　　　estala o pensamento claro
sobre o que sai da tal cidade,
　　　sobre o que sai da carta
que escrevo sem entrega certa
　　　em som, em chão, em pó.

Eis o abismo que eu cavei moído com os próprios pés,
é um poço só do largo inferno longo, um poço só

nesta terra ou num confim qualquer do Iêmen, pútrida
vastidão em nós, um mundo novo, um tom de súplica

com seu quê de floração, assim o abismo que eu cavei
feito fosse o meu presente pra vocês — no avesso, um céu.

Não perguntem que fazer com esse duvidoso dom
que se entrega ao mesmo tempo como nada e maldição:

ele está no tempo, como tudo, está num êxtase
pleno ou num estrume, em tudo que sagrado aqui se fez

sem um rumo certo: senda, nada ao nada, só um som
como quem hesita, em susto, em sussurrar um simples sim.

Cada qual escute, atente um só instante: ali talvez
frio e estraçalhado um aleluia lança a sua voz,

tudo que ele pede é só que siga agora, por um triz,
tudo que ele pede é só que diga ainda aqui um sim.

O que extraio de um poema
é o pó que me apresenta
quando escrevo, quando a chama
devastante vira ponte

entre o não do seu noema
e outro sim que ali desponta
como mutilado, como
novo adubo no desmonte

da linguagem. Dele extraio
uma carta incinerada
que rabisco quando falho
todo talho e toda poda;

e o poema nessa baia
de quimera cresce em medo,
cresce cedo, igual jiboia
que se enrola contorcida

na palavra contornável.
O poema é uma carta
que no campo-santo lavro
com ossadas, feito horta,

quando trava pelo crivo
da peneira o termo certo,
isto é, o termo crível
que em si mesmo se transporta.

O que extraio, sem minério,
sem a pedra, sem as plantas,
é a espécie de sacrário
que ofereço pro cimento

verdejar, é novo círio
que acendi aqui na ponta
desta língua, e dessa cera
derretida em pleno canto,

convertida numa brasa
na garganta, numa forma
de contato, numa cinza
na garganta, numa arma,

dessa cera faço a casa,
meus pequenos, traço a firma
com que assino mais-proeza
de adorar a língua enferma.

O que extraio de um poema
é um lar futuro, parco,
e um buraco como amo
a cidade no seu cerco.

Meus pequenos, o que amamos
se perdeu e já se acerca,
mas vocês farão um mimo
neste mundo, neste carco-

mido mundo que, tão pobre
segue mundo, segue vida.
Eis a trama que se abre,
porque tudo segue vida,

e esta carta em pouca fibra
só entrega isso: vida,
porque tudo nos escombros
segue mundo, segue vida.

Na descida um desenho desfaz-se por
vias várias, assígnicas,
onde tudo se mostra permeável

como o amor e a memória: partículas
vão cruzando a combinação
do que não se repara nem governa;

flores fazem-se adubo à vegetação;
nascem vacas do próprio mar;
e um céu medra do centro da pupila;

e do báratro danam-se a reluzir
vagalumes; e tubarões
pastam fartos nos sóis que nem campinas;

chuvas sobem nas copas pra repousar
suas dores e seus afãs
feito fossem crianças junto ao colo,

sem consolos assim que descobrem que
tudo é dado pra se perder
entre risos e prantos, sempre somos

tão menores do que há de maior em mim,
tão maiores do que qualquer
nome dado, inventado, tão diversos

uns dos outros, que nada consegue dar
a partilha da privação,
mas apenas aponta alguma ponte

sempre falha, mas sempre por se fazer,
pois a força do vínculo
permanece nas voltas da verruma;

nas estrelas o fogo se faz maior
quando a lua decresce e vem
perto, como se fosse amiga nossa:

é um canto perdido na cerração
    e estes dedos constelam-se
        numa força do informe conformados,

quando atingem num mínimo átimo
    esse toque que não se dá
        nem se toma, e se assomam; peristilos

entre os dentes ressurgem; o coração
    venta forte às artérias,
        nisso ressiderando as aves novas;

como elástico os músculos mutam-se
    noutras coisas, matérias
        negras, coices de supernovas dados

por cavalos das têmporas; tudo vai
    no extravio do mundo, vai
        começar na descida envelhecida,

e esta língua que canta e descanta em si
    manda a carta e mergulha além
        onde o rastro deslinda noutros astros,

e naquilo que some consuma enfim
    um silêncio de síncopes
        como entrega adiada, beijo dado,

como noites em claro e insônias
    em doença e carícia
        numa fala que agora não recordo,

como abraço afirmando que estou aqui
    em vocês e carrego aquém
        outros e outros com outros e outros e outros;

e isso que se transmite não quer dizer
    nada além do que já se diz,
        nem vai dar numa via anunciada,

estas unhas e peles de pó e amor
e esta ossada em memórias
são só traços de um gesto inacabado,

como estando em vocês e trazendo em si
tudo que antes perdera-se
e um anseio de ser também descida

nos seus corpos, no instante em que todo o fim
se desvela em princípio
na espiral revirada de uma rosa,

nesse choque tamanho de uma explosão
é assim que germina a flor
como um sol, um inseto, brisa, mato,

um micróbio que trago, tão logo o sou
sobre o couro de um búfalo
e a água-viva que ardendo prolifera;

e outras pétalas ínfimas abrem-se
num mistério em que tudo está
sem pergunta, resposta, certo, errado;

nesse transe que entrego, jamais ardi
tanto ardor e consigo ver
onde tudo a si próprio se ilumina,

quando a luz se deslinda de toda luz
e a visão se mostrou demais,
tudo resta num simples balbucio:

não a máquina, não a maquinação,
mas o aberto, o perder-se e só,
como as noites se perdem noutras noites,

como os dias renascem pra se apagar
sob as luzes de tanto sol,
mas a réstia se deita sobre os olhos,

não a máquina, não, e nem vejo mais,
  só entrego o que trago e vou
    consumido naquilo que me escapa;

tudo desce e se desço por fim também,
  mando a carta, o poema e sei
    que ali vai um vazio a ser cifrado

noutra imagem que nunca conhecerei,
  e esta carta que entrego aqui
    também trago comigo de outras cartas,

e a descida é conjunta por se perder.

No profundo do deslumbre, tudo encerra como veio,
como um sonho, como a estória das partilhas inventáveis,
tudo encerra como veio, na descida da cantiga
dessa estrada rumo ao nada, e algo dobra, e algo vira em
desacerto e acelera, tudo encerra como veio,
sem memória, como carta, sem consolo nem tristeza,
quando explode num começo, nos desvios e derivas,
numa perda, numa bênção, no profundo do deslumbre,
tudo encerra como veio.

Araguyje ñemokandire

Primavera, ainda

Il suffit d'une pensée et le mont Amaya est fleuri.

Ampili, via Gabriel *Mwene* Okundji

Dia de graças

Um passarinho canta e poderia
ser mais certo dizermos que ele berra
de fome, sede, gozo, que ele cria
na falta um outro gozo, que ele berra
a própria vida sem sentido. Não
cabe naqueles poucos decibéis
o desencontro de mil gigatons
em que ele desdobra os seus dois papéis.
No canto dele eu também me descubro
nascem-me plumas no bigode, mudo
contemplando os passarinhos de outubro
com seus nomes que aprendo enquanto mudo
de cores e tons. Obrigado, eu berro
por isso que pareceria um erro.
Obrigado pela dor e o desterro
de estar cantando aqui, agora, enquanto
a muda nova me permite ser o
que não sabia ser e cobra ao canto
seu quê de grito e riso e obrigado
por nos dar vida onde se espera morte
em vida, por dar sorte onde se espera
destino puro, por dar primavera
na própria primavera, por dar corte
ao poema, mote à forma, por dar
o que ninguém pedia, por dar crias
enquanto o céu caía docemente
em cima das nossas cabeças frias
por tecer a tua trama tão rente
à nossa casa, por fazer da gente
no instante desse canto até mais gente.

Mudas

Os filhotes já passaram pela muda
das plumas e dos dentes
hoje novos: eles vão
pelos galhos pulando assim
para um abismo também novo.

Será que voam?

Alguns irão se esmigalhar de frente ao solo
e às formas da predação
para dar algo novo e inconcebível
sob o sol enquanto o solstício
esturrica tudo à nossa volta
como milhares ou milhões
de anos atrás.

Não sei aonde dão os meus amores
seu tempos e destinos
eu entrevejo num olhar de cataratas
sinto apenas uma brasa nas entranhas
conclamando por mar ou chuva
da próxima estação onde pudermos descer.

Quando tudo secar em outra primavera
ainda estará naquela casa o nosso ninho
como um primeiro lar pra quem vier.

Acalanto

Num salto de poucas horas
a gente pode cruzar
hemisférios e por fim
pisar um pouco no outono
trazendo no peito um teco
do calor nascido lá
enquanto aqui o frio brota
nas frestas das portas e
tenta atravessar a pele
romper as minhas costelas
e fazer seu ninho inverso
dentro do sol que eu carrego
sem saber como um presente.

Criança, você ainda vive
o primeiríssimo outono
da vida, mas você vai
ver que as primaveras voltam
assim à toa somente
porque voltam como voltam
os outonos. E parece
bobinho à primeira vista
mas eu carrego comigo
a primavera sulina
enquanto você norteia
o frio dando esses risinhos
de bebê. E você vai
carregar as estações
aonde for, eu sei, mas
traga sempre pros teus pais
alguma estação oposta
injete invernos no verão

e vice-versa ou aposte
outonos na primavera.
Saiba que não tem problema
se você chorar demais
nas primaveras. Eu vi
você acalentando uma
casa inteirinha quando eu
acreditei que trazia
a minha estação sozinho.

Os nós deste caule

Você ainda guarda um quê de quase riso
por entre as tardes frias dos fins de setembro
e ele agora é quem solta pouco a pouco um membro
delicado e franzino ainda sem juízo.

Você ainda guarda e eu ainda lembro
quando uma tarde esquenta a calçada onde piso
que é preciso membrar mesmo num dia liso
a firmeza de assombro de um qualquer setembro,
de um sorriso qualquer, de sorrisos brotando
zimbros no matagal e estrondos no carbono:

Você ainda guarda?   — Eu quase me deslembro?
Veja os nós deste caule: os brotos vez em quando
nos olham firme (viu?) entre sorriso e sono
só para nos lembrar que estamos em setembro.

Como um avesso

Quebrou-se o vidro pra salvar o quadro
e agradecemos muito
pelos cacos que gentilmente
deram seus brilhos novos para o sol
antes de entrar na carne
dura das nossas solas.

É desse sangue acalentado
que há tempos encharcou a terra
ainda um pouco fresca e farta
antes das grandes secas
que posso agora abrir a boca
num cicio caseiro
para dizer talvez
amor —
                    para beijar uns pés
arcaicos de barro e espuma
que a cada dia inventam o quintal

(as raízes se alongam mais e mais
como nós numa manhã
nos alongamos para ver
os ipês por entre a névoa)

para dizer uma vez mais
que os talhos onde andamos
podem brotar podem crescer
podem mesmo explodir sanguíneos
como um avesso da romã.

Primavera

Isto que agora explode em nossa cara
sem recurso e sem remendo
enquanto racha os muros dos prédios
templos e casas, enverga as vigas
velhas e novas, rui as ripas
reverdece o musgo das pedras
há tempo gastas, trinca
os dentes que rangiam
feito portas gastas, aflora
ossadas no raso enterradas
de aldeias inteiras e os pássaros
cultivam as suas searas
de trinados e trepadas
de novos ninhos e ninhadas
sempre novas —

Isto mesmo
que agora queima em vida bruta
e esquenta a mata e o concreto
enquanto desenquadrada a base
firme dos coretos, desenlaça
botões de ameixa e folhas
de ameixa e brotos de ameixa
roxa pelo ar e desconcerta
calçadas e pavimentos
contrapisos e telhados e caga
por sobre tudo aonde passa
e espalha cores esquecidas
dia e noite, chuva e sol —

Isto que um dia fermentou
nas entranhas e no cérebro
nas amídalas e nos membros

todos enquanto a boca ressecava
de sede e sexo, as gônadas
inflavam de medo e sexo
as pupilas dilatavam de fome
e sexo e as veias retesavam
ainda o sexo e as flores
simplesmente floresciam, dando
frutos para o futuro, para
veias, bocas, membros, cérebro
e entranhas —

Isto
que poderão aqui chamar
de primavera, que poderei
comer até na morte, que
saudaremos mesmo a contragosto

e (que venham as forças
da morte, do estancamento
do horror, da terra arrasada)
não consegue ser parado,
não será parado, não
pode nunca parar.

Notas

Ritornello (*Renovo de anos*)

Escrito em Morretes, 31 de dezembro de 2023.

Muxima (*Travellings*)

Muxima é palavra em quimbundo para designar "coração". Poema escrito em Curitiba, entre junho e julho de 2022.

O "Envoi" é feito a partir do célebre poema tupi da cobra, mencionado por Montaigne, num dos seus Ensaios. Alexandre Nodari me convidou a retraduzi-lo juntos experimentalmente para o tupi antigo de José de Anchieta, que assim ficou:

Mboî' epyk, ybybok' epyk, mboî' epyk;
Xe rendyra nde kûatiara osa'angyne,
mbo'yporangeté monhanga i xupé;
A'e aime'eng xe remiaûsuba pupéne.
Nde a'angaba poranga bé nde katurama
ko'arapukuî opakatu mboîa sosé ra'e.

O texto em português é o meu rebrasileiramento dessa nossa retupização. Um acréscimo um ano tardio, de 4 de outubro de 2023, em Curitiba.

Monami *(Partitas)*

Monami é palavra em quimbundo par designar "minha criança", "meu filho". Na pronúncia é paroxítona e não se confunde com *mon ami*, em francês, por isso no corpo do poema a grafo "monâmi". Poema escrito em Curitiba, durante outubro de 2021, em torno ao dia das crianças.

Como esta série está escrita em muitos metros musicais que tenho usado em português por meio da tradução de poemas gregos e romanos, eis a sua escansão. Penso sempre numa execução vocal cantada ou entoada, que explica a presença de sílabas longas e breves, em vez de tônicas e átonas.

Segue a simbologia básica:

— indica sílaba longa (tônica na maioria das vezes).

v indica sílaba breve (átona na maioria das vezes).

x indica que a sílaba ancípite, ou seja, que pode ser breve ou longa.

v v indica que duas breves podem ser trocadas por uma longa, e vice-versa.

|| indica cesura obrigatória.

1.
Hendecassílabo falécio, a partir d'*O livro de Catulo.*

— x — v v — v — v — x

2.
Asclepiadeu menor, a partir das *Odes de Horácio.*

x x — v v — || — v v — v x

3.
Estrofe sáfica, a partir dos *Fragmentos de Safo.*

— v — — — v v — v — x
— v — — — v v — v — x
— v — — — v v — v — x
— v v — x

4.
Escazonte, ou Coliambo, a partir d'*O livro de Catulo*, poema 8.

x — v — x — v — x — — x

5.
Decassílabo tradicional (heroico ou sáfico), pervertendo a fôrma do soneto.

6.
Senário iâmbico, a partir dos *Fragmentos de Arquíloco.*

x — v — x — v — x — v x

7.
Hexâmetro datílico, a partir de Homero.

— v v — v v — v v — v v — v v — x

8.
Priapeu, a partir d'*O livro de Catulo*, poema 17.

— v — v v — v — || — v — v v — x

9.
Verso livre. O tema é tirado de Gershom Scholem, via Jean-Luc Godard.

10.
Arquiloqueu quatro, a partir da ode 1.4 de Horácio

— v v — v v — v v — v v || — v — v — x
x — v — x — v — v — x

11.
Galiambo, a partir d'*O livro de Catulo*, poema 63

v v — v — v — x || v v — v v v v x

12.
Estrofe Alcaica, a partir das *Odes de Horácio.*

x — v — — — v v — v x
x — v — — — v v — v x
x — v — — — v — x
— v v — v v — v — x

13.
Dístico egípcio, tirado dos poemas amorosos e anônimos, segundo Bernard Matthieu.
Um verso com quatro acentos, seguido por outro de três, num total de sete acentos.

14.
Tetrâmetro trocaico, a partir dos *Fragmentos de Arquíloco* e do anônimo Vigília de Vênus.

— v — x — v — x — v — x — v x

15.
Dímetro jônico menor anaclástico, a partir de Anacreonte e das *Odes Anacreônticas*.

v v — vv — v — x

16.
Estrofe a partir do fragmento 96 de Safo.

— v — x x — v v — v —
  — x — v v — v —
    x x — v v — v — v — x

17.
Jônico menor.

v v — —

Araguyje ñemokandire (*Primavera, ainda*)

Araguyje ñemokandire é expressão do mbyá-guarani para designar a virada do ano, a partir da noção de madureza e também da prática ritual dos cemitérios das ossadas. É portanto uma espécie de primavera em sentido físico e transcendental. Poemas escritos em Curitiba, Mineápolis, Nova Iorque, entre setembro e outubro de 2024.

"Acalanto" é dedicado a Jane DeFries.

Que a sorte nos depare

Caetano W. Galindo

Eu nasci em 1973.

Talvez seja apenas esta certidão de antiguidade o que me põe agora diante de um mundo que cada vez parece menos casa, onde cada dia sinto que sentimos (todos?) a ausência de um encaixe real, de uma possibilidade de sentido, pertencimento, compreensão.

É bem possível que a minha geração (que tamanho tem uma geração?) seja de fato aquela que experimentou e experimenta a mais violenta solução de continuidade em relação ao que a vem seguindo, ao que lhe há de seguir-se. Não estamos mais no Kansas, e ainda estamos longe de conhecer o homem por trás da cortina. Mas é também possível que não se trate de uma questão geracional: que estejamos realmente todos neste momento unidos na certeza de nos sentirmos longe de qualquer integração, união: sem cabimento: sem caber.

Diante de um tal estado de coisas, vale fugir.

Buscar recuo ou refúgio no entretenimento, nos *likes*, no revoo. Cabe também, ou deveria, tentar ver além do enxame, do estocástico, e vislumbrar o que nos pontos esparsos possa também se tornar geometria, figuração legível por mais que artificial. É o mesmo impulso que gera a busca por teorias de tudo, deturpações, verdades simples, falsas ilações, mentiras.

Quem, contudo, deseje sentido sem empulhação, quem pretenda ainda arriscar uma leitura desses tempos sem que para isso seja necessário abrir mão deles, sem a recusa, o escapismo, e sem também a falsa atividade do ativismo que fala aos iguais e promove o ego de quem se julga envolvido por envolver-se em se pensar melhor, superior... há de recorrer à arte.

À grande arte.
Aquela...
Corajosa.
Profunda.
Complexa.
Inestimável.

O lugar onde se elabora em formas multifacetadas e palavras-asterisco a inteligência de quem decide encarar o corpo do anjo em combate singular, arriscar seu renome, seu nome e sua vida num embate que parece impossível. E sair dali alterado, mas capaz também de gerar um novo mundo.

Arte.
Real.
Aquela.

*

Eu nasci em 1973.

E como (e há quanto tempo) me fazia falta encontrar uma obra de arte que viesse desse lugar de maturidade, de controle total de seus meios e optasse por descer até o fundo do Poço do Inferno e voltar relatando ter visto o que viu e podia mostrar, revelar: guano, vida, mau-cheiro, brilho e escuridão. Uma obra de arte que, do abismo, mirasse as estrelas, sem tergiversar, quisesse o céu e tivesse tudo, abarcasse o mais difícil e o mais doce, o mais duro e mais grácil. Uma obra de arte que se ancorasse, sim, no passado (Drummond, Pound, Eliot, Haroldo de Campos, Gil, Scholem... *muitos deuses, muitas vozes*), mas que nele encontrasse não apenas os cacos com que escorar suas ruínas, mas a vontade-coragem, *hybris*, pretensão de querer dizer seu tempo a seu tempo em seu tempo.

A ousadia de querer ser poema-mundo. De estar entre os grandes e encarar agora o que um dia foi tarefa de poetas dessa estatura, aqui ou no mundo, de Emily Dickinson e Stéphane Mallarmé, de Maria Lúcia Alvim, de Walt Whitman e Safo.

*

Guilherme Gontijo Flores já era, antes deste *Panapaná*, uma das vozes mais destacadas da poesia de língua portuguesa. Aqui, contudo, dá um passo gigantesco, um salto, e se transforma, mal passado dos quarenta anos, naquele velho de barbas de molho agrisalhadas, capaz de usar tudo que sabe e sempre soube de poesia para nos mostrar uma vez mais a realidade de que tentamos fugir, declarada ou tacitamente. Aqui ele nos dá seu grande livro, grandioso, ponto alto.

É bem verdade que minha chancela vale nada. Mas, no meu mundo, este livro já é uma obra definitiva. Uma marca. Momento histórico de mudança.

E que essa mudança comece a se desvelar a partir do mais íntimo, cotidiano, comezinho (um ipê, um amor: um bebê, ou dois), é já sinal de maturidade e capacidade de integração. De totalização do ponto e do mundo, do seu e do céu.

Pois este livro é *Livro* mais que tudo.

É uma obra completa que, exposta como duas grandes sequências dedicadas a mulher e filhos, desdobra-se permanentemente em construção sólida, discursiva, temática, musicalmente cerzida, cosida, amarrada. Cada estágio, da abertura em *ritornello* à conclusão da Primavera, desenvolve e aprofunda uma reflexão maior, mais forte e, claro, menos óbvia e didática.

Um mundo, nosso mundo: o que nos cabe, o em que caibamos.

*

Este livro é uma canção de amor.
De amores.
Este livro é poesia possível na poeira do antropoceno.
Este livro é um berro bronco contra o breu branco das redes e da arte de tempos vazios.
Este livro é Poesia.
Aquela.
A chance que por vezes temos de julgar entrever a mera possibilidade de ler no firmamento uma sentença que não seja, ou não precise ser, condenação. Aquilo, que acontece (afinal...) tão raramente.
Catábase, descida.
Até que a sorte nos depara com a queda que provisoriamente está chamada graça.
Anábase, ascenção ao revés.
À flor que move o sol e a nossa vida.

*

Uma constelação.

Guilherme Gontijo Flores (Brasília, 1984) é poeta, tradutor, ensaísta e professor na UFPR. Autor dos livros de poemas *carvão :: capim* (2017, Artefacto; 2018, Ed. 34), *Todos os nomes que talvez tivéssemos* (2020, Kotter/Patuá), *Entre costas duplicadas desce um rio* (2021, Ars et Vita, em parceria com François Andes), *Potlatch* (2021, todavia), *Ranho e sanha* (2024, Círculo de poemas/Fósforo), entre outros; do romance *História de Joia* (2019, todavia); dos ensaios *Algo infiel* (2017, Cultura e Barbárie/n-1, em parceria com Rodrigo Gonçalves e fotos de

Rafael Dabul), *A mulher ventriloquada* (2018, Zazie), *Que sabe de si* (2023, UFPR) e *Murima da luz* (2024, sobinfluencia); e dos infanto-juvenis *A Mancha* (2020, FTD, com ilustrações de Daniel Kondo) e *Desembarcados* (2024, FTD, com ilustrações de Daniel Kondo e músicas de Carol Naine). Com André Capilé publicou o ensaio *Tradução-Exu [ensaio de tempestades a caminho]* acompanhado de *Uma A Outra Tempestade [tradução-exu]* (2022, Relicário). Como tradutor, publicou *A anatomia da melancolia de Robert Burton* (2011-2013, UFPR, 4 vols., prêmios APCA e Jabuti), *Elegias de Sexto Propércio* (2014, Autêntica, Prêmio Paulo Rónai, da Biblioteca Nacional), *Safo: fragmentos completos* (2017, Ed. 34, prêmio APCA), *Nosso amor de trincheira, nosso trânsito de fronteira* de Uljana Wolf (2019, Moinhos, em parceria com Ricardo Pozzo), *Para um túmulo de Anatole* de *Stéphane Mallarmé* (2021, Kotter), *Ar-reverso* de Paul Celan (2021, Ed. 34), *Obra completa de François Rabelais* (2021-2023, Ed. 34, 3 vols., prêmio da Embaixada Francesa), *Trobairitz* (2022, Chão da feira), *Inana* (2022, sobinfluencia, em parceria com Adriano Scandolara), *Obras completas de Arthur Rimbaud* (2024, Clube de Literatura Clássica), *Como uma sede de ser homem, ainda* de Gabriel *Mwene* Okundji (2025, Ars et Vita), *Obras completas de Horácio* (2024-2025, Autêntica, 2 vols.), entre outros. Organizou a antologia *Por que calar nossos amores? Poesia homoerótica romana* (2017, Autêntica, em parceria com Raimundo Carvalho, João Angelo Oliva Neto e Marcio Gouvêa Jr.). Foi um dos fundadores e coeditor da revista *escamandro*, de 2011 a 2022, e é membro do grupo Pecora Loca desde 2015.

Editora Ars et Vita

Ars et Vita Ltda.

Avenida Contorno, 7041/101 . Lourdes - CEP: 30.110-043

Belo Horizonte — MG - Brasil

www.arsetvita.com

Título:

Panapaná

Revisão:

Luiz Gustavo Carvalho

Capa, projeto gráfico e editoração eletrônica

Marcello Kawase

1ª edição — 2025

Impressão: Rona Gráfica e Editora Ltda.
Tiragem: 1.000 exemplares
Tipografia: Minion Pro
Papel: Pólen Bold 90 g/m2